Le Prince

FichesdeLecture.com

Le Prince
(Fiche de lecture)

I. AUTEUR

Machiavel naît en 1469. Il était d'origine petite bourgeoise. Florence n'est alors une République que de nom sous le principat déguisé des Médicis. À 25 ans, il assiste à l'entrée de Charles VIII à Florence (1494) et voit l'exil des Médicis. Machiavel concourt en 1498 pour le poste de secrétaire à la chancellerie qu'il occupera jusqu'en 1512. Son efficacité est reconnue ; il accomplit plusieurs missions notamment en 1501 et 1502 auprès de César Borgia, dont on pouvait redouter les visées sur la Toscane, en France, à Rome et auprès de l'empereur Maximilien. En 1502, est instauré à Florence un gouvernement populaire dirigé par un gonfalonier (sorte de président de la République à vie) : Soderini. Machiavel arrive à imposer ses idées militaires et il est chargé d'organiser une milice populaire. La carrière de Machiavel s'écroule, avec la république, en 1512, avec la défaite du Prato : les Espagnols mettent la milice en déroute et dévastent la ville pendant trois semaines faisant 4 000 victimes. Machiavel est torturé puis exilé. Les Médicis reviennent au pouvoir. C'est à partir de 1512 que, en exil, Machiavel entreprend la rédaction du Prince qui, achevé dès 1513, ne sera publié qu'après la mort de son auteur. Puis il compose un important commentaire de l'histoire romaine, le Discours sur la première décade de Tite Live. Machiavel rompt peu à peu son isolement et se remet à participer à la vie florentine. C'est dans ce climat qu'il termine le Discours et rédige L'art de la guerre. En novembre 1520, sur la demande du cardinal Jules de Médicis, l'Académie de Florence lui confie la charge d'écrire l'histoire de la cité. En 1527, Machiavel subit une nouvelle fois la disgrâce lorsque la République est proclamée, à cause cette fois de ses compromis avec les Médicis. Il n'y survivra pas et mourra l'année même, le 22 juin, d'un abus de pilules de camphre.

II. LE THÈME

Machiavel n'est pas un philosophe de système. Ce qui l'intéresse n'est pas de fournir une métaphysique, mais de penser la politique. Parce que son nom a donné l'adjectif machiavélique, on l'a imaginé proche des tyrans alors qu'il fut profondément républicain. Il s'efforce surtout de penser scientifiquement c'est à dire rationnellement la politique à une époque troublée par les guerres générées par la division de l'Italie.

L'auteur montre régulièrement le prince devant une alternative : il y a toujours une bonne et une mauvaise solution. Le malheur veut que la bonne solution sur le plan moral soit souvent la mauvaise sur le plan politique et inversement. Il s'agit là d'une nécessité, à cause de la « faiblesse et de la lâcheté du peuple ».

III. RÉSUMÉ

Le prince est un souverain de type monarchique qui peut diriger diverses formes de gouvernement : principauté, royaume, monarchie, empire, royaume ; cette hétérogénéité reflète la complexité de la structure politique européenne de la Renaissance.

Parmi les princes, il faut distinguer les princes héréditaires pour qui la question est de savoir comment conserver le pouvoir. Il faut aussi distinguer différents types de prince selon le mode d'organisation de leur pouvoir : ordre civil ou monarchique absolu. Une des méthodes pour se maintenir au pouvoir est de détruire les forces de l'ennemi : par exemple le nouveau prince pourra choisir d'éteindre la lignée du prince qui régnait là où il s'est implanté. C'est ce que fit le roi de France avec la Bourgogne et la Bretagne. Une cité peut s'analyser comme un système de trois forces – les grands, le monarque et le peuple – où se mettent en place des stratégies d'alliance. En s'alliant avec les grands, le prince s'allie avec un groupe plus nombreux que lui et dont les membres se considèrent comme ses égaux. L'alliance du prince avec le peuple, qui est facile car celui-ci ne demande qu'à ne pas être opprimé, est plus fiable et le met à l'abri de l'hostilité d'un groupe très nombreux : avec un peuple hostile, le prince ne peut jamais être tranquille. Mais qu'il soit un allié du prince ne confère pas, pour autant, au peuple le statut d'élément passif qui a besoin d'un chef ou d'un maître.

Mais il ne suffit pas au monarque de trouver des alliés, il lui faut tenir compte de la « fortune », de la chance qui nous affecte ce qui complique le calcul. Parce que la vertu est une faculté puissante, dynamique, le prince ne doit pas avoir d'autre objet ni d'autre pensée que l'art de la guerre : c'est le seul art qui convienne à celui qui commande et la « vertu » de cet art est claire : ceux qui le négligent perdent le pouvoir. En effet, il n'existe pas de proportion entre homme armé et désarmé et il n'est pas « crédible » qu'un homme obéisse à un autre homme sans arme ou qu'un homme désarmé soit en sûreté parmi des hommes armés. Ainsi une des raisons qui imposent au prince d'avoir une compétence dans l'art de la guerre c'est qu'il lui faut être obéi de ses soldats, car l'opinion, ce qui apparaît, est une ressource essentielle du prince où la préoccupation du vrai et du bien n'intervient pas. En tout cas, ce qui importe ce n'est point les qualités que l'on a, mais celles que l'on paraît posséder : le prince doit s'en tenir â la maxime : chacun voit ce que tu parais et peu perçoivent ce que tu es. C'est pourquoi Machiavel propose un modèle animal au politique ; ce n'est pas « l'homme, animal politique », mais l'animal, homme politique : « Comme le Prince est donc contraint de savoir bien user de la bête, il doit entre toutes choisir le renard et le lion ; le lion en effet ne se défend pas des pièges, le renard ne se défend pas des loups. Il faut donc être renard pour connaître les pièges et lion pour effrayer les loups. »

IV. LA PROBLÉMATIQUE DU THÈME

En lisant Le Prince, on voit que Machiavel, en se basant sur des considérations d'intérêt, de sécurité, et de puissance militaire, incite le Prince à créer les conditions de la république où il faut lutter contre les puissants, protéger les humbles, armer le peuple et non s'armer contre lui. On pourra découvrir dans le Prince les fruits d'une réflexion sur les conditions réelles de la liberté.

V. LE STYLE

Le prince est d'une originalité absolue en rupture avec toute la pensée gréco-latine et médiévale. Le prince a la forme de conseils adressés à un souverain, « le magnifique Laurent de Médicis » : un manuel de petit volume qui vise l'efficacité, où l'auteur veut se conformer à la « vérité effective » des choses. Il ne s'adresse pas à tous les souverains, mais aux monarques qui accèdent au pouvoir dans une cité et doivent s'employer à le stabiliser et le légitimer. Le prince peut se lire comme une théorie de la politique totalement dénaturalisée : celle-ci n'est pas l'art de bien gérer une communauté politique selon les fins naturelles de l'homme, mais un art d'apprendre à maintenir au pouvoir dans une situation qui n'est pas stabilisée et qui est toujours susceptible de subversion : un État sans rien de substantiel, ce qui fonde un art du phénoménal.

VI. AVIS PERSONNEL

Au premier abord, il s'agit d'un manuel pour mieux diriger les êtres, bien que les mentalités aient changé depuis la renaissance il y a beaucoup d'enseignements à tirer d'une telle œuvre. Rares sont les livres de psychologie pratique actuels qui apportent autant de lumières et de clarté sur certaines questions que peuvent se poser ceux qui exercent ou aspirent à exercer des responsabilités. De plus, culturellement, Machiavel a écrit dans l'esprit des princes de la renaissance italienne, constamment occupés, y compris le pape, à des complots macabres et à se faire la guerre. Le livre permet donc de mieux comprendre la mentalité des hommes de cette époque. De ce fait, « Le prince » fait partie de ces livres indémodables que tout homme cultivé se doit de lire.

Ce changement de la pensée politique est devenu un symbole si bien que des institutions, comme Sciences Politiques, en ont fait leur blason représentant le renard et le lion décrit par Machiavel.

Dans la même collection en numérique

Les Misérables
Le messager d'Athènes
Candide
L'Etranger
Rhinocéros
Antigone
Le père Goriot
La Peste
Balzac et la petite tailleuse chinoise
Le Roi Arthur
L'Avare
Pierre et Jean
L'Homme qui a séduit le soleil
Alcools
L'Affaire Caïus
La gloire de mon père
L'Ordinatueur
Le médecin malgré lui
La rivière à l'envers - Tomek
Le Journal d'Anne Frank
Le monde perdu
Le royaume de Kensuké
Un Sac De Billes
Baby-sitter blues
Le fantôme de maître Guillemin
Trois contes
Kamo, l'agence Babel
Le Garçon en pyjama rayé
Les Contemplations

Escadrille 80

Inconnu à cette adresse

La controverse de Valladolid

Les Vilains petits canards

Une partie de campagne

Cahier d'un retour au pays natal

Dora Bruder

L'Enfant et la rivière

Moderato Cantabile

Alice au pays des merveilles

Le faucon déniché

Une vie

Chronique des Indiens Guayaki

Je voudrais que quelqu'un m'attende quelque part

La nuit de Valognes

Œdipe

Disparition Programmée

Education européenne

L'auberge rouge

L'Illiade

Le voyage de Monsieur Perrichon

Lucrèce Borgia

Paul et Virginie

Ursule Mirouët

Discours sur les fondements de l'inégalité

L'adversaire

La petite Fadette

La prochaine fois

Le blé en herbe

Le Mystère de la Chambre Jaune

Les Hauts des Hurlevent

Les perses

Mondo et autres histoires

Vingt mille lieues sous les mers

99 francs

Arria Marcella

Chante Luna

Emile, ou de l'éducation
Histoires extraordinaires
L'homme invisible
La bibliothécaire
La cicatrice
La croix des pauvres
La fille du capitaine
Le Crime de l'Orient-Express
Le Faucon malté
Le hussard sur le toit
Le Livre dont vous êtes la victime
Les cinq écus de Bretagne
No pasarán, le jeu
Quand j'avais cinq ans je m'ai tué
Si tu veux être mon amie
Tristan et Iseult
Une bouteille dans la mer de Gaza
Cent ans de solitude
Contes à l'envers
Contes et nouvelles en vers
Dalva
Jean de Florette
L'homme qui voulait être heureux
L'île mystérieuse
La Dame aux camélias
La petite sirène
La planète des singes
La Religieuse
1984 A l'Ouest rien de nouveau
Aliocha
Andromaque
Au bonheur des dames
Bel ami
Bérénice
Caligula
Cannibale
Carmen

Chronique d'une mort annoncée

Contes des frères Grimm

Cyrano de Bergerac

Des souris et des hommes

Deux ans de vacances

Dom Juan

Electre

En attendant Godot

Enfance

Eugénie Grandet

Fahrenheit 451

Fin de partie

Frankenstein

Gargantua

Germinal

Hamlet

Horace

Huis Clos

Jacques le fataliste

Jane Eyre

Knock

L'homme qui rit

La Bête humaine

La Cantatrice Chauve

La chartreuse de Parme

La cousine Bette

La Curée

La Farce de Maitre Pathelin

La ferme des animaux

La guerre de Troie n'aura pas lieu

La leçon

La Machine Infernale

La métamorphose

La mort du roi Tsongor

La nuit des temps

La nuit du renard

La Parure

La peau de chagrin
La Petite Fille de Monsieur Linh
La Photo qui tue
La Plage d'Ostende
La princesse de Clèves
La promesse de l'aube
La Vénus d'Ille
La vie devant soi
L'alchimiste
L'Amant
L'Ami retrouvé
L'appel de la forêt
L'assassin habite au 21
L'assommoir
L'attentat
L'attrape-coeurs
Le Bal
Le Barbier de Séville
Le Bourgeois Gentilhomme
Le Capitaine Fracasse
Le chat noir
Le chien des Baskerville
Le Cid
Le Colonel Chabert
Le Comte de Monte-Cristo
Le dernier jour d'un condamné
Le diable au corps
Le Grand Meaulnes
Le Grand Troupeau
Le Horla
Le jeu de l'amour et du hasard
Le Joueur d'échecs
Le Lion
Le liseur
Le malade imaginaire
Le Mariage de Figaro
Le meilleur des mondes

Le Monde comme il va

Le Parfum

Le Passeur

Le Petit Prince

Le pianiste

Le Prince

Le Roman de la momie

Le Roman de Renart

Le Rouge et le Noir

Le Soleil des Scortas

Le Tartuffe

Le vieux qui lisait des romans d'amour

L'Ecole des Femmes

L'Ecume Des Jours

Les Bonnes

Les Caprices de Marianne

Les cerfs-volants de Kaboul

Les contes de la Bécasse

Les dix petits nègres

Les femmes savantes

Les fourberies de Scapin

Les Justes

Les Lettres Persanes

Les liaisons dangereuses

Les Métamorphoses

Les Mouches

Les Trois mousquetaires

L'étrange cas du Dr Jekyll et de Mr Hyde

L'Ile Au Trésor

L'île des esclaves

L'illusion comique

L'Ingénu

L'Odyssée

L'Ombre du vent

Lorenzaccio

Madame Bovary

Manon Lescaut

Micromégas

Mon ami Frédéric

Mon bel oranger

Nana

Ne tirez pas sur l'oiseau moqueur

Notre-Dame de Paris

Oliver twist

On ne badine pas avec l'amour

Oscar et la dame rose

Pantagruel

Le Misanthrope

Perceval ou le conte du Graal

Phèdre

Ravage

Roméo et Juliette

Ruy Blas

Sa Majesté des Mouches

Si c'est un homme

Stupeur et tremblements

Supplément au voyage de Bougainville

Tanguy

Thérèse Desqueyroux

Thérèse Raquin

Ubu Roi

Un Barrage contre le Pacifique

Un long dimanche de fiançailles

Un secret

Vendredi ou la vie sauvage

Vipère au poing

Voyage au bout de la nuit

Voyage au centre de la terre

Yvain ou le Chevalier au lion

Zadig

À propos de la collection

La série FichesdeLecture.com offre des contenus éducatifs aux étudiants et aux professeurs tels que : des résumés, des analyses littéraires, des questionnaires et des commentaires sur la littérature moderne et classique. Nos documents sont prévus comme des compléments à la lecture des oeuvres originales et aide les étudiants à comprendre la littérature.

Fondé en 2001, notre site FichesdeLectures.com s'est développé très rapidement et propose désormais plus de 2500 documents directement téléchargeables en ligne, devenant ainsi le premier site d'analyses littéraires en ligne de langue française.

FichesdeLecture est partenaire du Ministère de l'Education du Luxembourg depuis 2009.

Plus d'informations sur www.fichesdelecture.com

Notes :